Le Petit Prince

小王子

小王子

最值得珍藏的名家譯本

LE PETIT PRINCE

翁端·聖-戴克思修伯里——著

劉俐——譯

ANTOINE DE SAINT-EXUPÉRY

永遠的「小王子」
翁端·聖-戴克思修伯里
(Antoinede St-Exupéry，1900-1944)

—— 童年是我生命的原鄉[1]

　　翁端·聖-戴克思修伯里（朋友叫他聖-戴克思St-Ex）是
法國文學史上的一則傳奇。在短短十多年的寫作生涯中，他
以親歷其境的飛行經驗，翻轉人類的視角，開創了史無前例
的飛航文學，卻在四十四歲的盛年駕機在南法海上失蹤。沒
有殘骸，了無痕跡。留下文學史上一個眾說紛紜的謎。

　　他是在當了飛行員之後才開始寫作的。在那些漫長孤
獨的飛航中，他總帶著筆記本，記錄俯瞰大地所見所思。他
的每本書都在見證那個飛航草創時代飛行員的奮戰和夢想。
對他來說，寫作與飛行是一體的。[2] 飛機是工具，就像農夫
的犁，幫助他探索大地和人類真正的面貌。

---

1. Je suis de mon enfance comme d'un pays. ——《戰地飛行員》（Pilote de guerre, 1942）
2. Pour moi, voler ou écire, c'est tout un. ——《大地》（Terre des hommes, 1939）

聖-戴克思出生於貴族之家，在家族的美麗莊園中長大。雖然父親在他四歲時過世，但有眾多兄弟姊妹的陪伴，有母親、外祖母的悉心呵護，他的童年幸福無憂，任他發展對各種事物的好奇與興趣。

他曾想學航海，但兩次報考航海學校，都沒考過，也讀過一陣美術學校。他愛做白日夢（綽號「摘月亮」Pique-la-Lune），但也喜歡動手做研究、畫機械、解數學難題（後來他有12項航空類的發明專利）。他有詩人的想像力，也有工程師的實事求是；他喜歡遼闊的天際，也需要獨處。飛行成為理所當然的選擇。

他的飛行與寫作生涯於1926年加入空郵公司（L'Aéropostale）正式開啟。先後在歐、非和南美洲之間運送郵件。

20世紀初，飛航還是個高度危險的工作，飛機簡陋，沒有塔台，沒有雷達導航，故障、迫降隨時可能發生，每個月都有長長的失蹤名單。

他的第一部小說《南方郵件》（Courrier du Sud，1930）就在向那些冒著生命危險運送郵件的夥伴致敬。書中主角的飛機墜落安地斯山脈，為了保全郵件，在雪地裡跋涉了五天四夜，機毀人亡，但仍以最後一口氣發出一句簡單的電報：「郵件無誤」！

那時的飛航是與死神近身的搏鬥，他多次將飛行員與鬥牛士相比。不同的是，鬥牛士的勇氣出於炫耀式的英雄主義，而在天空的孤寂中，沒有掌聲。是一種責任感、一種比個人幸福更高更長久的東西，使人超越自己。

在他的飛航生涯中，大大小小的意外不計其數。1935年迫降撒哈拉沙漠，迷失在沙丘中，四天後才奇蹟式獲救。1938年又墜落在瓜地馬拉，頭骨七處破裂，昏迷數日。但他無悔無怨：「願賭，服輸。這是我這個行業的自然法則。但無論如何，我呼吸過，海上的風。」[3]

孤獨地在浩瀚的天空中俯視大地，他覺得最神奇的是，在暗夜中看到大地的點點燈火，讓他深切感覺人類命運相連：「一個行業的偉大在於將人連結在一起。」[4] 建立人與人之間的連結（créer des liens）[5]，也成為他一生以文字和飛行所致力的志業。

之後，他也曾為《巴黎晚報》（Paris Soir）做報導，飛往越南（1934）、莫斯科（1935）以及採訪西班牙內戰（1936）。

3. J'ai joué, j'ai perdu. C'est dans l'ordre de mon métier. Mais, tout de même, je l'ai respiré, le vent de la mer. ──《大地》（Terre des hommes）
4 . La grandeur d'un métier est, avant tout, d'unir les hommes. ──《城堡》（Citadelle, 1948）
5 . 見本書頁97。

1939年，二次大戰爭爆發，他加入空軍，執行偵查任務。但1940年停火協議後，法國被德軍佔領。他流亡美國，遊說美國政府參戰。面對戰爭的殘酷、撕裂，眼見世界日益功利、庸俗、機械化，他倍感孤寂。《小王子》這本溫柔、憂鬱的書就是在他最沮喪的流亡時期寫就的。書成時，甚至不能在他的祖國出版（書是1944年先在紐約以英、法文出版，1946，他過世兩年之後，才在法國出版）。

　　一生東奔西蕩，幸福的童年是他唯一的家。當他墜落在沙漠中，他閉上眼，就會看到家園中高聳的松樹，聞到前庭西洋菩提的淡香。

　　童年對他不只是一個生命階段，更代表一種純淨、清澈，一種直指本心的智慧；一個不可復得的失樂園。

　　1943年他加入北非自由地區法國空軍。他不能忍受做一個旁觀者。當時他已43歲，早已超齡，加上多次飛機失事，一身是傷，甚至無法自己穿飛行服，自己關座艙蓋。但他不斷請願，動用各種關係，終於獲得特許重飛。

　　1944年7月31日，他硬是爭取到最後一次飛航任務，他提出讓人不能拒絕的理由：沒有人比他更熟悉南法隆河谷一帶。就在這次航行中，他飛入雲層深處，再也沒有回來……

　　或許，天空才是他的歸宿。就像小王子，他終於拋下沉重的皮囊，回到他失去的童年。在讀者心中，他永遠是跟

小王子連在一起的。我們有幸結識他，天空從此不一樣：夜晚當我們仰望，我們知道小王子就在星空某處，於是滿天的星星都會笑，像五億個小鈴鐺……

劉俐

獻給雷昂・魏爾特[1]

　　我要向孩子們致歉，把這本書獻給了一個大人。我有一個很嚴正的理由：這個大人是我在人世間最要好的朋友。還有一個理由：這位大人什麼都懂，連寫給小孩的書都懂。我還有第三個理由：這個大人住在法國，正在挨餓受凍，他需要安慰。如果這些理由還不夠，那我願將這本書獻給這位大人的孩童時代。每一個大人都曾是孩子（但很少人記得）。所以我把獻詞做了修改：

　　　　　　獻給孩童時的雷昂・魏爾特

1 Léon Werth (1878-1955)是小說家、散文家，也寫藝術評論。1931年結識聖・戴克思。兩人有共同的興趣與信念，結爲至交。二次大戰期間，身爲猶太人，他被迫躲入阿爾卑斯山間，生活條件極差。聖・戴克思當時流亡紐約，卻在1943年回歐加入抗德空戰，因爲「我要跟親人一起承受苦難」。

I

    我六歲那年,有一天在一本講原始叢林的《真實故事》中,看到一張非常精采的插圖,畫的是一條蟒蛇吞下了一頭猛獸。這是那幅畫的複本。

    那本書裡說:「大蟒蛇把獵物嚼也不嚼地整隻吞下肚,然後就動彈不得,要足足躺六個月來消化。」

    那陣子我想了很多叢林裡發生的故事,也畫成了一幅畫,是用顏色筆畫的,是我的第一張畫:作品第一號。是這個樣子的:

我把這張偉大傑作拿給大人看，問他們怕不怕。

他們的反應是：「一頂帽子有什麼好怕的？」

可是我畫的不是一頂帽子，是一條蟒蛇在消化一隻大象。我只好把大蟒蛇肚子裡面也畫出來，好讓大人能了解。大人總是需要說明才能懂。我的作品二號是這樣的：

這些大人開始規勸我，別再畫什麼蟒蛇或蟒蛇肚子了，還是去關心地理、歷史、算術和文法才是正經。就這樣，在我六歲那年，因為作品一號和二號不獲青睞，我深受打擊，放棄了當畫家的大好前程。這些大人自己什麼都沒法懂，總要小孩不斷不斷地向他們解釋，實在很累！

所以我選了另一種行業，我學會了駕飛機，飛遍世界各地。沒錯，地理還蠻有用的。我只要一眼就可以分辨中國和亞利桑那州。如果半夜迷航，這種知識很管用。

我一生中，跟很多正經人士打過交道，也曾長時間與大人相處，有機會就近觀察，但我對他們的印象並沒有改善。

　　每當我遇到一個看起來頭腦比較清楚的大人，我就會拿出我珍藏的「作品一號」來做試驗。我想知道他是不是真的有洞察力。但他們總是說：「這是頂帽子」。那我就不會跟他談蟒蛇、原始森林或星星。我就投他所好，跟他談橋牌，談高爾夫球，談政治，談領帶。那位大人就會很高興結識了這麼一個通情達理的人。

這是我事後為他畫的最好的一張畫像。

II

我就這樣孤孤單單地過日子，沒有一個能說知心話的人，直到六年前，我的飛機，因為引擎故障，迫降撒哈拉沙漠。當時飛機上既沒有機械師，也沒有其他乘客，我只好準備獨力來應付這困難的修復工作。這對我可是攸關生死的問題。我帶的飲用水還不夠支撐八天。

第一天晚上，我就在距離人煙千里之外的撒哈拉沙漠裡入睡，比遭遇海難、漂浮大洋中的木筏還要孤立無助。你們可以想像我有多驚駭，在天剛亮時，被一個奇怪的小聲音喚醒。這聲音對我說：

「請你……幫我畫一隻綿羊！」

「嗯？」

「幫我畫一隻綿羊……」

我像遭了雷劈，嚇得跳了起來。我把眼睛揉了又揉，

看了又看。這就看到一個非常精緻玲瓏的小人兒，正一臉嚴肅地打量我。這是我事後為他畫的最好的一張畫像。當然，我的畫像比起他本人要遜色多了。這也不能怪我。我六歲的時候，大人就把我的畫家志業給扼殺了，除了那張大蟒蛇的外觀和內部，我從此沒再畫過一張畫。

我瞪大眼睛不可置信地看著這個小精靈。別忘了我那時距離人煙之地，有千里之遙。可是我這個小傢伙既不像迷路，也毫無倦容，既不像飢寒交迫，也不害怕。他完全不像一個迷失在杳無人煙的沙漠中的小孩。等我回過神來，問他：

「可……你在這兒做什麼？」

他又輕聲地重複了一遍，像是一件非常嚴肅的事：

「請你……幫我畫一隻綿羊……」

當謎團的震懾力過於強大，你不敢不服從。雖然情境如此荒謬，我卻在這杳無人煙之處，生死搏鬥之際，從口袋裡拿出了一張紙和一支原子筆。想到我只學過地理、歷史、算術和文法，我就沒好氣地對這小傢伙說，我不會畫畫。他卻說：

「沒關係的，幫我畫一隻綿羊。」

既然我從沒畫過羊，我這輩子就只畫過兩張畫，於是

我就為他畫了其中的一張，就是蟒蛇的外觀。聽到這小人兒
的反應，我著實大吃一驚：

「不對！不對！我要的不是蟒蛇肚裡裝一隻象。蟒蛇
很危險，大象太笨重。我住的地方很小。我要的是一隻綿
羊。給我畫隻綿羊。」

我只好畫了一隻。

他仔細看了看，說：

「這隻羊病得很厲害了，重畫
一隻。」

我又畫了一隻：

我這位小朋友笑開了，很寬容
地說：

「你自己也看得出來，這
不是綿羊，是牡羊。牠長了兩只
角……」

我又畫了一張，跟以前那幾張
一樣，又被打了回票：

「這隻太老。我要一隻可以活
很久的羊。」

我的耐心到了極限，而且心裡還惦記著修引擎，就草草敷衍一張，一邊丟給他，一邊說：

　　「這是只箱子，你要的綿羊就在裡面。」

　　不可思議的是，我這位小判官的臉龐竟然亮了起來：

　　「我要的就是這個樣子！這隻羊需要吃很多草嗎？」

　　「為什麼？」

　　「因為我住的地方很小……」

　　「夠大了。我給你的是一隻很小的羊。」

　　他低頭仔細看畫：

　　「也不算很小……咦，牠睡著了……」

　　就這樣，我結識了小王子。

III

　　我花了很長的時間才搞清楚他是從哪裡來的。這位不停發問的小王子對我的問題卻充耳不聞。我是從他口中偶而漏出的片語隻字，一點點拼湊出來的。比如，他第一次見到我的飛機時（我就不畫我的飛機了，這對我難度太大），他問我：

　　「這是個什麼東西？」

　　「這不是『東西』。它會飛。是飛機，我的飛機。」

　　我很得意讓他知道我會飛。他聽到就大叫起來：

　　「怎麼！你也是從天上掉下來的？」

　　「是的，」我謙虛地說。

　　「哇，這就奇了⋯⋯」

　　小王子發出一串響亮笑聲，這讓我很惱火。我不喜歡

別人把我的不幸不當回事。

之後，他又說：

「這麼說，你也是從天上來的！是從哪個星球？」

眼看這個大謎團透出一線光亮，我立刻問：

「所以你是從另一個星球來的？」

但是他沒回話。看著我的飛機，他輕輕地搖了搖頭：

「的確，坐在那上面，你不可能走多遠……」

然後他發了一陣子呆。過了很久，才從口袋裡拿出我畫的綿羊，全神貫注地欣賞他的寶貝。

「我的小人兒，你是從哪裡來的？『你住的地方』在哪兒？你要把我的綿羊帶到哪裡去？」

他靜靜想了好一會兒，才說：

「你給我這個箱子的好處是，夜晚，這就是牠的屋子。」

「沒錯。如果你乖的話，我還可以給你一根繩子，白天把牠綁住。還可以給你一根小木樁。」

我的建議好像讓小王子大為反感：

「把牠綁住？這是什麼餿主意！」

「你要是不把牠綁起來，牠會亂跑，牠會走丟……」

我的小朋友又發出一陣銀鈴般的笑聲：

「你要牠跑到哪兒去？」

「哪兒都可能啊。一直往前走……」

小王子面容嚴肅地說：

「不打緊的，我住的地方，非常小……」

像是有些傷感，他又說：

「一直往前走，走不了多遠的……」

IV

　　我於是知道了第二件很重要的事：他的星球比一棟房子大不了多少！

　　這也不稀奇。我早就知道，天空中除了地球以及木星、火星、金星這樣大的、已被命名的星球之外，還有千千萬萬個行星，小得連用望遠鏡都很不容易看得到。天文學家若是發現了一個，就會以數字命名，比如叫它：「行星3251」。

　　我有充分的理由相信，小王子的那顆星是「行星B612」。這個星球只有在1909年從望遠鏡中，被一位土耳其天文學家觀察到一次。

他將這項發現在一個國際天文學會議中詳細發表。但是沒人相信，因為他當時穿的是土耳其服裝。大人就是這個樣子的。

幸好，一位土耳其獨裁者下令土耳其人改穿歐式服裝，違者處死。「行星B612」才得以留名。1920年，這位土耳其天文學家穿著優雅的西服重新發表報告，這次他贏得所有人的認同。

我之所以要跟你講這些有關「行星B612」的瑣碎細節，還告訴你它的編號，是為了取信於大人。大人酷愛數字。你要是跟他談起一個朋友，他們從不會問最重要的事。他們絕不會問：「他的聲音是怎麼樣的？他喜歡玩什麼遊戲？他蒐集蝴蝶標本嗎？」他們總是問：「他幾歲？有幾個兄弟？體重多少？他爸爸能掙多少錢？」知道了這些答案，他才認為他認識了這個朋友。你要是對大人說：「我看到一棟很漂亮的紅磚房子，窗前開滿天竺葵，屋頂上有白鴿子……」他們完全無法想像。你一定要說：「我看到一棟價值十萬法郎的房子。」這下他們就會大叫：「好美啊！」

　　所以，如果我跟大人說：「小王子的確存在過，證據是，他長得非常標緻，他愛笑，他跟我要一隻綿羊。如果有個人跟你要一隻綿羊，這就足以證明他的存在。」他們會聳聳肩，把你當小孩子！但是如果你跟他說：「小王子是從行星B612來的。」這下他們就相信了，不會再用一大堆問題來煩你。大人就是這個樣子的。不必跟他們計較，小孩子對大人一定要多多包容。

　　當然，對我們這些了解生命的人，我們才不在乎數字！我本來想用童話的方式講這個故事。我很想這樣說：

　　「很久很久以前，有一個小王子，他住在一個比他自己大不了多少的星球上，他很想交朋友……」對了解生命的人，這種說法可信多了。

小王子的那顆星是行星B612。

我不希望別人用輕忽的態度看我的書。在敘述這些回憶時，我心憂傷。我的小朋友帶著綿羊離去，已經六年了。我之所以在這裡描述他，是為了不要忘記。忘記朋友是很可悲的事，不是每個人都能交到一個朋友的。何況我也可能變得跟大人一樣，只對數字感興趣。也因為這樣，我才去買了一盒顏料和色筆。我這輩子只有在六歲的時候，畫過大蟒蛇的內、外兩張畫，到現在這把年紀再來重拾畫筆可不是件容易事。我盡可能畫得像他，但沒有十足把握，這張還行，下一張又不像了。他的身材我也掌握得不好，有時把他畫得太高，有時又畫得太矮。衣服的顏色也拿不準。就這樣，一路摸索，勉強湊合。還有一些更重要的細節也搞錯了。但是，這一點情有可原。我的朋友從不做說明。他也許以為我跟他一樣。不幸的是，我沒辦法從箱子外面就看到綿羊。我大概也有點像大人了。我一定是老了。

V

每一天我都對小王子多一些了解：他的星球，他如何出走，他的遊歷。都是從偶而的言談中慢慢知道的。就像第三天，我知道了猢猻樹（baobabs）的故事。

這次也是拜綿羊之賜。小王子突然問我，好像很憂心：

「綿羊會吃小灌木，這是真的嗎？」

「是，是真的。」

「喔！那太好了。」

我不懂為什麼綿羊吃小樹這件事這麼重要。小王子又說：

「所以牠也吃猢猻樹了？」

我告訴他，猢猻樹可不是灌木，而是高得可以像教堂

　的大樹，即使他帶一群大象也搆不到猢猻樹。

　　一群大象的說法把小王子逗笑了：

　　「那要把牠們一個疊一個……」

　　但是他說得很有智慧：

　　「猢猻樹在長大之前，也是小樹。」

　　「沒錯！但你為什麼要你的綿羊吃小猢猻樹？」

　　他回答：「唉唷！還用說！」好像這是再明顯不過的
事。我只得自己動腦筋解決這個疑問。

原來，在小王子的星球上，跟其他星球沒有兩樣，有益草也有害草，也就有好的種子和壞的種子。可是種子是眼睛看不見的。它們在土壤深處沉睡，直到其中一株突然醒過來……開始伸展抽長，對著太陽先怯生生地長出一根可愛、看來無害的小枝芽。如果是蘿蔔或玫瑰的枝芽，可以讓它盡情生長，如果是有害植物，一辨認出來，就需立刻拔除。因為，小王子的星球上，有一種很可怕的草……就是猢猻樹的種子。整個星球的土地都被侵入了。這種猢猻樹如果沒有即時處理，就永遠沒辦法清除了。它會把整個星球壓垮，它的根會穿透泥土。如果星球太小而猢猻樹太多，會讓星球爆裂。

「這需要紀律，」後來小王子跟我說，「每天早上盥洗之後，也要替星球仔細打理一下，嚴格要求定期拔除猢猻樹的種子。它小的時候跟玫瑰很像，只要一分辨出來，就要立刻拔除。這個工作很煩瑣，但不難。」

　　有一天，他勸我認真畫一張畫，好讓地球上的孩子牢牢記住這件事：「將來他們出門旅遊時，可能很有用。」他說：「有的時候，把該做的事拖延一陣也沒什麼關係，可是碰到猢猻樹這件事，那就會是大災難。我去過一個星球，住著一個懶鬼。他沒理會三棵小樹……」

　　我於是聽從小王子的指示，畫出這個星球的樣貌。我不喜歡說教，但因太少人知道猢猻樹的危險，要是迷失在星球中，冒的風險很大，所以我願意破例一次。我要說：「孩子們！當心猢猻樹！」我是為了警告朋友才不辭辛苦畫這張畫，他們跟我一樣，長久以來一直冒著風險而不自知，所以我花點氣力提出警告是值得的。你可能會問我：這本書裡怎麼沒有別的畫像這張猢猻樹那麼壯觀？答案很簡單：我試過，可是沒畫成。當我畫猢猻樹的時候，是被一種急迫感所驅使。

猢猻樹

VI

　　啊，小王子，我慢慢了解你小小、憂傷的人生。有很長一段時間，你唯一的消遣，就是落日的淒美。我是在第四天早晨知道這個細節的。你對我說：

　　「我喜歡落日。我們去看落日吧……」

　　「那還得等一等……」

　　「等什麼？」

　　「等太陽下山啊。」

你像是吃了一驚，接著就笑自己糊塗：

「我以為我還在自己家裡呢！」

沒錯。美國日正當中的時候，法國的太陽正要西下。只要能在一分鐘之內趕到法國，就可以看到落日。可惜法國太遠了。但是在你那個小小的星球上，你只要把椅子挪幾步，就行了。你想看的時候，隨時都可以看夕陽……

「有一天，我看了四十三次落日！」

過一會兒，你又說：

「你知道……人在傷心的時候，就喜歡看落日……」

「那麼看了四十三次落日那天，你很傷心？」

但是小王子沒有回答。

VII

　　第五天，也是因為談到綿羊，我又對小王子的神祕的身世多了些認識。他劈頭提出個問題，像是已經在心中思索很久了：

　　「綿羊，如果牠吃灌木，那也會吃花嗎？」

　　「綿羊看到什麼就吃什麼。」

　　「即使是帶刺的花？」

　　「當然，即使是帶刺的花。」

　　「那麼，她們長刺有什麼用？」

　　我不知道。我那當兒正忙著拆下引擎一個鎖得太緊的螺絲，心焦極了，因為這次的故障看起來很嚴重，而飲用水所剩不多，我擔心最壞的狀況會發生。

　　「她們的刺，有什麼用？」

小王子一旦提出個問題，就窮追不捨。我那時被那顆螺絲惹毛了，就隨口對他說：

　　「她們的刺，什麼用都沒有，那純粹是花朵的壞心眼！」

　　「啊？」

　　又過了一會兒，他語帶怨懟，對我說：

　　「你胡說！花兒又嬌弱又天真。她們得想方設法來保護自己。她們以為長了幾根刺就很厲害呢……」

　　我沒回答。那一刻我在想：「要是這個螺絲還是拆不下來，我就得用個榔頭把它敲下來。」小王子又打斷了我的思緒：

　　「你相信，那些花……」

　　「不！不！我什麼都不相信！我是隨便說的。我，我在忙的是正經事！」

　　他驚駭不已地看著我：

　　「正經事！」

　　他看著我那副樣子：手裡拿著榔頭，手指沾滿污油，正在彎身檢查一個他覺得奇醜無比的東西。

　　「你講話的口氣跟大人一樣！」

這讓我有點慚愧，他還毫不留情，繼續說：

「你亂扯……你什麼都搞不懂！」

他是真的生氣了。把一頭金髮在空中甩了又甩：

「我去過一個星球住著一個蝦蘑先生。他從沒聞過一朵花，從沒看過星星，從沒愛過一個人。他唯一做的事就是加加減減。他整天跟你一樣不停地說：『我是個正經人！我是個正經人！』洋洋得意極了。他不是人，是個大蘑菇！」

「是什麼？」

「大蘑菇！」

小王子氣得臉都白了。

「幾百年來，花朵都會長刺，可是幾百年來綿羊還是照樣可以把花吃了。難道不該去了解一下：她們為什麼要費那麼大的事，長出刺來，如果一點用都沒有，這難道不是正經事嗎？花朵和綿羊的戰爭，這不重要嗎？這不比那位胖蝦蘑的數目字更正經、更重要？如果我認識一朵花，是世上獨一無二的花，除了我的星球，別的地方都沒有，而忽然一天早上，一隻小綿羊一口就能囫圇把她吞了，還根本沒意識到牠幹了什麼，這難道不重要？」

他漲紅了臉，又說：

「如果一個人愛上一朵花，天上星星千千萬，而她只存在他的星球上，那麼只要抬頭看看星星，就足以讓他覺得幸福無比。他告訴自己：『我的花就在天上某個地方……』要是綿羊把這朵花吃掉了，這對他就像滿天的星星突然間全黯了。這難道不重要嗎？」

他再也說不下去了。他突然啜泣起來。夜幕已降。我放下了工具。什麼榔頭、螺絲、飢餓、死亡，管它去吧。在一個星球上、在我的行星、地球上，有一位小王子等著我安慰！我把他抱在懷中，輕輕搖晃。我告訴他：「你愛的那朵花沒有危險……你的那隻羊，我會替他畫一個嘴套……我還要給你的花一套盔甲……我……」我不知道說什麼好，覺得自己笨拙極了。我不知道怎樣才能貼近他，如何才能跟他作伴……眼淚的國度，是如此神祕……

VIII

　　我很快就對這朵花有了更深的認識。在小王子的星球上一直都有些很簡單的花，只有單層花瓣，不佔什麼地方，也不會礙別人的事。她們早上從草裡長出來，晚上就凋謝了。但這一朵不同，不知是從哪裡帶回來的一個種子裡長出來的。小王子很留意這株與眾不同的小枝芽，搞不好是個新品種的猢猻樹呢。但這小樹枝很快就不再長高，準備開花了。小王子眼見它長出一個巨大的花苞，就已經預感裡面會冒出一個神奇的精靈。可是這朵花沒完沒了地在她的綠色閨房裡打扮自己，她很仔細地選擇顏色，慢條斯理地穿衣著裝，一片一片地梳理花瓣。她可不要像麗春花那樣縐巴巴的就露臉了。她要一出場，就艷光四射。沒錯，她是很愛賣弄風情的。她那神祕兮兮的裝扮持續了幾天幾夜。突然一天早晨，就在太陽初昇之際，她亮相了。

　　經過日以繼夜的精心打扮，她卻邊伸懶腰邊說：

　　「哎……我還睡眼惺忪呢……不好意思……我的頭髮還亂蓬蓬的……」

　　小王子忍不住大聲讚嘆：

　　「妳好美啊！」

　　「可不是嗎，」花兒嬌滴滴地說，「而且我還是跟太陽一起出生的呢……」

小王子聽出這朵花不怎麼謙虛，可是她是如此楚楚動人！

　　「我想，該吃早餐了吧，」過一會兒她又說，「能不能麻煩你為我準備……」

　　這讓小王子大為羞愧，趕緊拿了灑水壺裝滿清水，來伺候花兒。

　　她就用這種轉彎抹角的小小虛榮讓小王子飽受折磨。比如，有一天，談到她的四根刺，她對小王子說：

「老虎可能會來，牠們有爪子！」

「我這個星球上沒有老虎，」小王子不以為然，「再說，老虎又不吃草。」

「我可不是草，」花兒輕聲抗議。

「對不起……」

「我不怕老虎，但是我怕穿堂風。你沒有屏風吧？」

「怕風，這對植物來說還真麻煩」，小王子發現，這朵花很難伺候……

「晚上，你要把我放在玻璃罩下面，你這裡很冷，設備又差。我那裡……」

她馬上住嘴了。她是從種子裡長出來的，根本沒見過

其他地方。這麼幼稚的謊話被人抓個正著，她咳了兩三聲，
好把錯歸在小王子身上：

「我說的屏風呢？」

「我正要去拿，可是妳在跟我說話呢！」

她又用力咳了幾聲，好讓小王子覺得愧疚。

就這樣，小王子雖然滿懷愛意，也不禁要懷疑她了。

他把花兒一些無關緊要的話當真了，變得鬱鬱不樂。

「我不該聽她那些話的，」有一天小王子對我透露心事：「絕不要聽花兒講的話。花兒是讓人看，讓人聞的。我的那朵花使我整個星球都充滿香氣，我卻不懂得欣賞；她抱怨老虎爪子，本該讓我心生憐惜，我卻生她的氣……」

他又對我說：

「那時候我什麼都沒懂！我應該看她做的，而不是聽她說的。她帶給我芳香，帶給我光亮。我不應該逃跑的！我應該猜到她那些小小伎倆後面的柔情。花朵是如此心口不一！我那時太年輕，不懂得怎麼去愛她。」

IX

　　我猜想他是利用一群野鳥遷徙的機會出走的。離開的那個早晨，他把星球打理得很乾淨，還仔細地疏通活火山。他有兩座活火山，早上用來熱早餐很方便。還有一個死火山，「但誰也說不準！」這麼一想，他照樣打理死火山。火山如果疏通得乾淨，就會緩慢、均勻地發熱而不會突然爆發。火山爆發就像煙囪起火一樣。當然在我們地球上，人太小了，不能去疏通火山，所以才會造成許多災難。

　　小王子也將猢猻樹剛長出來的嫩芽拔除，心中帶著些許離愁，他認為這一去就再也不會回來了。這天早晨，所有這些例行的工作都變得格外甜蜜。他最後一次為玫瑰澆水，就在為花兒放罩子的時候，他不自覺地想哭。

　　「再會，」他對花兒說。

　　她沒有回答。

他仔細地疏通活火山。

「再會，」他又說了一遍。

花兒咳嗽起來，但不是因為感冒。

「我太蠢，」她終於說。「請你原諒。希望你過得開心點。」

她竟沒有責難，這讓他很詫異。他驚訝地楞在那兒，手裡還拿著罩子。他不懂為何她如此平和溫柔。

「是啊，我愛你，」玫瑰對他說，「但是你不知道。這要怪我，但是你跟我一樣蠢。現在這些都不重要了。希望你過得開心點……把罩子放在一邊吧，我不需要了。」

「可是，有穿堂風……」

「我不是那麼怕感冒……夜晚的涼風對我有益，畢竟我是一朵花。」

「那些動物……」

「我總要忍受兩三隻毛蟲，才能盼到蝴蝶。聽說蝴蝶非常漂亮。否則以後還有誰來看我呢？你會離我很遠了。至於大的動物，我不怕，我也有爪子。」

說著她天真地展露她的四根刺，又說：

「別在這裡磨蹭了，讓人難受。既然你決定離開，就

走吧。」

　　因為她不願意小王子看到她落淚。她是一朵很高傲的
花……

X

　　小王子來到小行星325、326、327、328、329和330一帶。開始一一造訪，想找個工作，同時也可以長些見聞。

　　第一個星球住著一位國王，身著紫色貂皮長袍，坐在一個簡單但很有威儀的寶座上。

　　「呵呵，來了個子民，」他一看到小王子，就叫了起來。

　　小王子心想：

　　「他從沒見過我，怎會認得出來？」

　　他不知道的是，對所有國王來說，世界很簡單：普天之下，都是他的子民。

　　「你走過來，讓我好好看看你，」國王很得意，終於，他是某個人的國王了。

小王子四下張望想找個可以坐下來的地方，但是整個星球都被國王的貂皮大袍子佔滿了。他只好站著。可是他很累，不覺打了個哈欠。

　　「在國王面前打哈欠是很失禮的，」國王告訴他，「我不准你打哈欠。」

　　「我忍不住。」小王子很不好意思地說。「我長途旅行，沒有睡覺……」

　　「那麼，」國王對他說，「我命令你打哈欠。我好多年沒看過人打哈欠了。哈欠對我是個新鮮玩意兒。來吧，再打個哈欠。這是命令。」

　　「你嚇到我了……我打不出來……」小王子臉都紅了。

　　「哼！哼！」國王於是說，「那我就……我就命令你有時候打哈欠，有時候……」

　　他支支吾吾了一陣子，有點不高興。

　　其實國王最在意的，是他的權威受到尊重。他不能忍受別人不服從。他是個絕對的專制君主。但他心地善良，所以他下的命令都合情合理。

　　「如果，」他經常說，「如果我命令一個將軍變成一

隻海鳥，將軍若是不服從，那不是將軍的錯，是我的錯。」

「我可以坐下嗎？」小王子戰戰兢兢地說。

「我命令你坐下。」國王回答，同時很威風地撩了一把他的貂皮長袍。

但小王子很好奇：這個星球非常小，他到底能統治什麼呢？

「陛下……」小王子說，「請允許我提一個問題……」

「我命令你發問，」國王馬上說。

「陛下……你統治什麼？」

「所有一切，」國王的回答簡明扼要。

「所有一切？」

國王以很模糊的手勢，指了一下他的星球、其他行星，還有星星。

「所有這些？」小王子問。

「所有這些……」國王回答。

他不但是絕對的專制君主，還是個掌管全宇宙的君

主。

「所有星星都聽命於你？」

「當然，」國王說。「我的命令他們會馬上執行。我不能忍受紀律渙散。」

這樣無所不在的權力讓小王子也陶醉了：如果他有這樣的權力，他一天就可以不止看四十三次落日，還可以看七十二次，甚至一百次、兩百次落日，連椅子都不必搬！想起他拋下的星球，他心情鬱悶，便鼓起勇氣請國王給他一個賞賜：

「我很想看落日……請陛下賞我一個心願……命令太陽下山吧……」

「如果我命令一位將軍像蝴蝶一樣在花間飛舞，或寫齣悲劇，或變成一隻海鳥，而他不服從，那是誰的錯？是將軍，還是我？」

「應該是你的錯，」小王子毫不猶疑地說。

「說對了。」國王又說，「你只能要求每個人做他能力所及的事。權力必須建立在理性之上。如果你命令老百姓跳海，他們會造反的。我有權要求服從，因為我的命令都合情合理。」

「那我的落日呢？」小王子提醒。他一旦提出一個問題，就絕不罷休。

「我會賞你個落日的。我會下命令，但是這要根據我的治國方略，等待客觀條件成熟。」

「那是什麼時候？」小王子問道。

「哼！哼！」國王搬出一大本曆書，「哼！哼！那應該是，大約、大約是……是……應該是今晚七點四十分左右，你就會看到太陽乖乖地服從我的命令。」

小王子打了個哈欠，很遺憾看不到落日，開始覺得有點無聊：

「那我在這兒沒事可做了，」他跟國王說，「我要走了！」

「別走，」國王立刻說，他正得意有了一個子民。「別走，我任命你為大臣！」

「什麼大臣？」

「……司法大臣！」

「但是沒有人可以審判呀！」

「那可不一定，」國王對他說，「我還沒把我的王國

完全巡視過一遍。我年紀大了，又沒有放馬車的地方，走路又太累。」

「可是我全看過了，」小王子又俯身去查看星球的另一邊。「那邊也沒有一個人……」

「那你就評斷你自己吧，」國王說。「這才是最困難的。評斷自己遠比評斷別人困難。如果你能評斷你自己，那你就是一位真正的智者。」

「我在任何地方都可以評斷自己，」小王子說，「不需要住在這裡。」

「哼！哼！」國王說，「其實我這星球上藏了隻年歲很大的老鼠。夜裡我聽到過牠的聲音。你可以不時判他個死刑，這樣他的小命就掌握在你的手裡。但是每次判了死刑，就要大赦，我們要省著點，因為只有這一隻。」

「我不喜歡判死刑，」小王子說，「我想我還是要走了。」

「別走，」國王說。

但是小王子已經準備好了，但他也不想讓老國王為難：

「如果陛下希望命令執行無誤，可以給我一個合理

的命令，比如說，下令我立刻出境。我認為時機已經成熟
了……」

國王沒有回答，小王子遲疑了一下，然後嘆了口氣，
上路了。

「我任命你為使節，」國王趕緊宣布。

同時擺出威震八方的氣勢。

「大人真是奇怪，」小王子心想，一邊踏上征途。

XI

　　第二個行星住的是一位愛虛榮的人：

　　「呵呵！有一名仰慕者來了！」他老遠看到小王子就叫起來。對愛虛榮的人，所有人都是他的粉絲。

　　「你好，」小王子跟他打招呼，「你的帽子真奇怪。」

　　「這頂帽子是用來回禮的，」愛虛榮的人說，「別人向我歡呼時，我就舉帽致意。可惜從來沒人到這裡來。」

　　「是嗎？」小王子還沒搞懂。

　　「你用左手拍右手，」愛虛榮的人對他說。

　　小王子開始拍手。愛虛榮的人於是把帽子舉了一下，向他致意。

　　「這比國王那裡有趣，」小王子心裡想。他又拍了一

陣，愛虛榮的人又舉起帽子。

玩了五分鐘之後，這種單調的遊戲讓小王子覺得膩了：

「怎麼樣能讓你把帽子放下來？」小王子問。

但是愛虛榮的人聽不見。愛虛榮的人除了讚美，別的話都聽不進去。

「你真的很崇拜我嗎？」他問小王子。

「崇拜是什麼意思？」

「崇拜的意思就是，你認為我是這星球上最俊美、最會穿著、最富有、最聰明的人。」

「可是這星球上，就只有你一個人啊！」

「你就讓我高興一下，崇拜我吧！」

「我崇拜你，」小王子一邊聳聳肩一邊說。「但是這對你有什麼好處？」

小王子又走了。

「大人實在是奇怪，」小王子邊走邊想。

XII

　　下一個星球住的是個酒鬼。這次造訪的時間很短，卻讓小王子陷入深沉的悲哀。

　　「你在做什麼？」小王子問。這酒鬼正坐在一大排空酒瓶和一排還沒開封的酒瓶面前，一言不發。

「我在喝酒，」酒鬼回答，臉色陰沉。

「你為什麼喝酒？」小王子問他。

「為了忘記，」酒鬼說。

「為了忘記什麼？」小王子又問，已經開始同情他了。

「為了忘記我的恥辱，」酒鬼低頭承認。

「什麼樣的恥辱？」小王子想幫忙，便問道。

「酗酒的恥辱！」說完，酒鬼就默然無語。

小王子大惑不解地離開了。

「大人真是非常非常奇怪。」小王子邊走邊想。

XIII

第四個星球住的是個生意人。小王子經過的時候,他忙得頭都沒抬。

「日安,」小王子對他說,「你的香煙熄了。」

「三加二得五,五加七是十二,十二加三是十五。日安。十五加七是二十二。二十二加六得二十八。沒時間點煙。二十六加五是三十一。哇!總共是五億一百六十二萬二千七百三十一。」

「五億的什麼啊?」

「咦?你還在啊?五億一百萬的……我都不記得了……事情實在太多!我啊,我是個正經人,我可不搞那些無聊事!二加五得七……」

「五億一百萬的什麼?」小王子又問,他只要提出個問題,就鍥而不捨。

生意人抬起頭：

「我住在這個星球五十一年了，只被打擾過三次。第一次是二十二年前，一隻不知道從哪裡鑽出來的金龜子，發出一種很可怕的聲音，害我計算時犯了四個錯。第二次是十一年前，風濕病發作。我缺乏運動。我可沒時間閒遛達。我是個正經人。第三次⋯⋯就是這次了！我剛剛說到五億一百萬⋯⋯」

「五億一百萬的什麼？」

生意人發現他再也不得安寧了。

「上億的那些你有時候在天空裡看到的小的東西。」

「蒼蠅？」

「不是，是會閃閃發亮的小東西。」

「蜜蜂？」

「不是。是會讓那些遊手好閒的傢伙做白日夢的金色的小東西。我可是正經人，沒時間做白日夢。」

「喔，你是說星星？」

「沒錯，星星。」

「你要拿這五億多的星星做什麼？」

「是五億 一百六十二萬二千七百三十一。我是正經人，我講求精確。」

「你要拿這些星星做什麼？」

「拿來做什麼？」

「是啊。」

「什麼也不做。它們是我的財產。」

「星星是你的？」

「沒錯。」

「可是我見過一個國王，他……」

「國王並不擁有，他們只是『統治』，這是兩碼事。」

「擁有星星有什麼用？」

「讓我很富有。」

「富有又有什麼用？」

「就可以買更多的星星，如果有什麼新發現的話。」

「這位仁兄的推理方式有點像那位酒鬼。」小王子心裡想。

他繼續發問：

「怎麼樣可以擁有星星？」

「星星是誰的？」生意人反問，有點不耐煩了。

「我不知道，不屬於任何人。」

「那就是我的，因為我是第一個想到的人。」

「這樣就夠了？」

「當然。要是你發現一顆鑽石，不屬於任何人，它就是你的。你發現一個無主的小島，那就是你的。你有了一個發明，就要申請專利，它就是你的。從沒有人想過擁有星星，我是第一個，星星就是我的。」

「這倒也是，」小王子說，「可你要拿來做什麼？」

「我要加以管理。我要把它們計算來、計算去，」生意人說。「這可不是簡單事，但我是個正經人！」

小王子還不滿意，說道：

「我有一條圍巾，我可以圍在脖子上，帶著走。如果我有一朵花，我可以把它摘下來，帶著走。但是你不能把星星摘下來！」

「的確不行，但是我可以把它們存放在銀行裡。」

「這是什麼意思？」

「就是我可以把星星的數目寫在一張紙上，然後把這張紙鎖在一個抽屜裡。」

「就這樣？」

「這就夠了！」

「很有趣，」小王子心裡想。「有點詩意，但這不能算正經事。」

小王子對正經事的看法跟大人完全不同。

「我有一朵花，」小王子又說，「我每天為她澆水。

我有三個火山，我每個星期為它們疏通煙囪。即使是死火山我也要清理的，以防萬一嘛。對花朵、對火山，我擁有它們對它們有用，可是你對星星沒有用。」

生意人張大嘴，無言以對，小王子又上路了。

「大人真是不可思議啊，」他邊走邊想。

XIV

第五個星球非常奇怪，是所有星球中最小的。小到只能容納一盞路燈和一個點燈的人。小王子很納悶：在天空的某處，一個既沒有房子，也沒有住戶的行星上，這盞路燈和點燈人，究竟有什麼用途。但是他想：

「這個人或許很荒謬，但是比起國王、愛虛榮的人、生意人和酒鬼，也就不算什麼了。至少他的工作有一種意義：當他點燃路燈，這就像為世界添了一顆星、一朵花；當他熄掉一盞燈，就像把星星和花朵催眠了。這是一個美麗的工作，因為美麗，它就真正有用。」

小王子靠近星球時，很恭敬地向點燈者致意：

「早安，你為什麼剛剛把路燈熄了？」

「這是指令。」點燈人說，「早安！」

「指令是什麼？」

我這個差事簡直要命阿。

「就是把我的路燈熄掉。晚安！」

他又把路燈點亮了。

「怎麼又把燈點亮了？」

「這是指令，」點燈人說。

「我不懂，」小王子說。

「沒什麼好懂的，」點燈人說，「指令就是指令。早安。」

他又把路燈熄了。

然後拿出一條紅格子的手帕擦拭額頭。

「我這個差事簡直要命啊。以前還算合理，我早上熄燈，晚上點燈，其他時間就可以休息，晚上有時間睡覺……」

「怎麼，現在這個指令改了？」

「指令沒有改，」點燈人說，「問題就出在這裡！這星球一年一年越轉越快，但是指令卻沒改！」

「那怎麼辦？」小王子問。

「現在每分鐘星球就轉一圈，我連一秒鐘都不能歇。

每分鐘都要點一次，熄一次！」

「啊，真好玩，你這裡的一天只有一分鐘！」

「這一點也不好玩，」點燈人說。「我們這麼聊聊，已經聊了一個月了。」

「一個月？」

「是啊，三十分鐘，就是三十天！晚安！」

他又把路燈點亮。

小王子看著他，他很喜歡這位如此忠於職守的點燈人。他想起以前想看落日時，就挪動椅子。他想幫幫這位朋友：

「你知道嗎……我有一個辦法，讓你想休息的時候就能休息……」

「我時時刻刻都想休息，」點燈人說。

一個人是可以同時盡責又懶惰的。

小王子繼續說：

「你的星球很小，三步就走到頭了。你只要慢慢走，一直留在陽光下就行了。你想休息的時候，就慢慢走……這樣你要白天多長就多長。」

「這對我沒多大好處，」點燈人說。「我最喜歡做的事，就是睡覺。」

「那不巧，」小王子說。

「不巧，」點燈人說。「早安。」

他又把路燈熄了。

「這一位，」小王子一邊繼續上路一邊想，「這一位會被其他那些人——國王、愛虛榮的人、酒鬼、生意人——瞧不起。可是，他是唯一我不覺得可笑的。也許是因為只有他不一心想著自己，還做點別的事。」

他嘆了一口氣，說：

「他是唯一可以結交的朋友。但他的星球實在太小了，容不下兩個人……」

小王子不願承認的是，他很捨不得離開這個幸運的星球，因為每二十四小時可以看一千四百四十次落日！

XV

　　第六個星球比之前的大了十倍。住著一位寫了很多大部頭著作的老先生。

　　「啊，來了一位探險者！」看到小王子，他叫了起來。

　　小王子在他的書桌上坐了下來，還有些氣吁吁。他已經跋涉了很久。

　　「你打哪裡來的？」老先生問他。

　　「這是本什麼書？」小王子問，「你在這兒做什麼？」

　　「我是地理學家，」老先生說。

　　「地理學家是什麼？」

　　「是一個知道哪裡有山、有海、有河，哪裡有城市、

有沙漠的學者。」

「這很有意思，」小王子說，「這才像個行業！」他環顧這星球的四周。他從沒見過如此壯麗的行星。

「你的星球很美。上面有海洋嗎？」

「我還不知道，」地理學家說。

「啊！（小王子很失望。）有山嗎？」

「我不知道，」地理學家說。

「有城市、河流和沙漠？」

「我也不知道，」地理學家說。

「你不是地理學家嗎？」

「沒錯，」地理學家說，「但我不是探險家，我非常需要探險家。統計城市、河流、山脈、海洋和沙漠不是地理學家的事。地理學家太重要，不能到處亂跑。他不能離開書房，他要在這兒接待探險家，探詢他們探險的經過，做筆錄。如果他對某一位探險家的敘述感興趣，就要請人對這位探險家的人格做一番調查。」

「這是為什麼？」

「因為如果探險家說謊話，會造成地理書的大災難，

酗酒的探險學家也一樣。」

「為什麼?」小王子問。

「因為醉鬼會把一個東西看成兩個,他會讓地理學家把一座山記錄成兩座。」

「我認得一個人,」小王子說,「可能會是一個很糟糕的探險家。」

「很可能。一旦確定探險家的人格沒問題,就要調查他的地理發現。」

「要實地去看嗎?」

「不,那太麻煩了。我們要求探險家提出證據。比方說,他發現了一座大山,那就要帶些大石頭回來。」

地理學家突然興奮起來。

「你，你是從遠處來的！你就是個探險家！來描述一下你的星球吧！」

地理學家打開他的記錄冊子，開始削鉛筆。探險家的敘述要先用鉛筆記錄，等他提供了證據，才能用鋼筆記錄。

「怎麼樣？」地理學家問。

「噢，我的星球，」小王子說，「沒什麼可說的，因為非常小。有三個火山，兩座是活的，一座是死的，不過也很難說。」

「很難說，」地理學家說。

「我還有一朵花。」

「我們不記錄花，」地理學家說。

「為什麼？花是最美的！」

「因為花朵稍縱即逝。」

「『稍縱即逝』是什麼意思？」

「地理誌是所有書籍中最珍貴的，」地理學家說，「它永遠不會過時。山脈很少會改變位置，海洋的水很少會乾涸。我們只記錄恆常不變的事物。」

「但是死火山可能復活，」小王子打斷他的話，又問

道：「『稍縱即逝』是什麼意思？」

「活火山也好，死火山也好，對我們是一樣的，」地理學家說，「我們認為重要的是山。山不會變。」

「『稍縱即逝』是什麼意思？」小王子又問，他一旦提出一個問題，就絕不罷休。

「『稍縱即逝』的意思是：『很快就會消失』」。

「我的花很快就會消失？」

「當然。」

「我的花很快就會消失，」小王子說，「而她只有四根刺來保護自己，對抗世界！我竟然把她一個人丟在家裡！」

這是他第一次感到懊悔，但他很快打起精神：

「你建議我去哪裡？」他問道。

「地球，」地理學家說。「它的名聲不錯……」

小王子離開了，一邊想著他的玫瑰。

XVI

第七個行星就是地球。

地球可不是普普通通的星球！上面有一百一十一位國王（不要忘了非洲的）、七千個地理學家、九十萬個商人、七百五十萬個酒鬼、三億一千一百萬個愛虛榮的人，也就是大約有二十億個大人。

為了讓你對地球的面積有個概念，可以這麼說：在發明電之前，需要一支四十六萬二千五百一十一個點燈人的龐大隊伍，才能照亮地球的六大洲。

從遠處看，這個景象非常壯觀。這支大軍的動作就像歌劇裡的舞蹈動作。首先登場的是紐西蘭和澳洲的點燈人，他們點亮了燈，就去睡了。接著上場的是中國和西伯利亞的點燈人，待他們隱入幕後，接著上場是俄國和印度點燈人，之後是非洲和歐洲，之後是南美洲，之後是北美洲。他們絕不會搞錯進場順序，場面盛大極了！

唯一的例外，是北極，只有一個路燈、一個點燈人。還有南極，也只有一個路燈，一個點燈人。他們可以過很懶散、悠閒的日子：他們一年只要工作兩次。

小王子到了地球，沒看到一個人，很是詫異。

XVII

　　一個人要是想耍聰明，就難免要撒點小謊。我跟你們講路燈和點燈人的時候，沒有完全說實話。這很可能會讓不認識地球的人，得到錯誤的印象。其實人類在地球上佔的地方很小。如果住在地球上的二十億人，一個挨一個擠在一起，排排站，就像開大會那樣，只需要一個長、寬各二十海哩的廣場就足夠了，太平洋裡隨便一個小島都能裝得下地球的全部人口。

　　當然，這個說法大人是不會相信的。他們自以為佔了好大的地方。他們把自己看得很有分量，就像猢猻樹一樣。你不妨建議他們好好計算一下。他們酷愛數字，一定會很高興。但是你們可別浪費時間找這種麻煩。沒必要的。你們相信我。

　　小王子到了地球，沒看到一個人，很是詫異。他擔心走錯了地方。就在這時，一個像月亮般的圓環在沙子裡蠕

動。

「晚安，」小王子隨口說。

「晚安，」說話的是一條蛇。

「我現在是在哪個星球上？」小王子問。

「你在地球上，在非洲，」蛇回答。

「啊！……所以地球上是沒有人的？」

「這裡是沙漠，沙漠裡沒有人。地球很大。」蛇說。

小王子坐在一塊石頭上，抬頭看天空：

「星星都亮了，」小王子說，「不知道是不是為了讓每個人都能找到自己的星球？快來看我的星球！它正好在我們頭頂上……可是好遠哪！」

「你的星球很美，」蛇說。「你來這裡做什麼？」

「我跟一朵花鬧彆扭，」小王子說。

「哦，」蛇應了一聲。

他們都不說話了。

「哪裡有人？」小王子最後問。「這沙漠有點寂寞……」

「在人群中一樣寂寞，」蛇說。

小王子把蛇打量了很久，才說：

「你的模樣真奇怪，細得像根手指頭……」

「但是我的手指頭比國王的還厲害，」蛇說。

小王子笑了：

「你能有多厲害……你連爪子都沒有，你不能旅行。」

「我可以把你載到很遠的地方，比船載得還遠，」蛇說。

牠纏繞在小王子的腳踝上，像一只金色的腳環：

「我碰觸過的東西，就能把它送回老家。」牠又說。「但你這麼純潔，又是從一個星星來的……」

小王子沒有回答。

「你真讓我可憐，在這花崗岩的地球上，你看起來脆弱得很。如果有一天，你太想念你的星球，我可以幫忙。我可以……」

「噢，我懂你的意思，」小王子說，「你為什麼講話總是愛打啞謎？」

你的模樣真是奇怪，細得像根手指頭。

「我可以解開所有的謎，」蛇說。

說完就都不出聲了。

XVIII

穿越整個沙漠，小王子只看到一朵花。一朵只有三個花瓣、毫不起眼的花……

「妳好，」小王子說。

「你好，」花說。

「人在哪裡？」小王子很禮貌地問。

這朵花曾經看到過一個沙漠商隊經過：

「人嗎？有的，大概有六、七個。好多年前我看見過。但是你沒法知道上哪兒可以找到他們。他們隨風飄蕩。他們沒有根，所以非常辛苦。」

「再會，」小王子說。

「再會，」花朵說。

XIX

　　小王子爬上一座很高的山。他這輩子就只見過他那三座火山，只有他的膝蓋那麼高，還可以把那個死火山當小板凳。「現在從這麼高的山上，我可以一眼就看到整個星球還有星球所有的人……」但放眼看去，他只看到一座座被磨得細細尖尖的峭壁。

　　「你好，」他隨口說。

　　「你好……你好……你好……」回聲說。

　　「你們是誰？」小王子問。

　　「你們是誰？……你們是誰？……你們是誰？……」回聲說。

　　「我們做朋友吧，我很孤單，」他說。

　　「我很孤單……我很孤單……我很孤單……」回聲

這真是個奇怪的星球!又乾,又尖,又鹹。

說。

　　「這真是個奇怪的星球！」他想：「又乾，又尖，又鹹。而且這裡的人毫無想像力。他們只會重複別人的話⋯⋯我的星球上有一朵花，她永遠要搶先說話⋯⋯」

XX

　　在長途跋涉，走過沙漠、岩石、雪地之後，小王子終
於走到一條大馬路。條條大路都通向人的所在。

　　「早安，」他說。

　　這是一個開滿玫瑰的花園。

　　「早安，」玫瑰們說。

小王子看著這滿園的花。她們長得都跟他的那朵花一樣。

　　「妳們是誰？」他問道，大受驚嚇。

　　「我們是玫瑰，」花兒們說。

　　「啊？」小王子嘆了一聲⋯⋯

　　他覺得非常傷心。他的那朵花讓他以為，她是全宇宙唯一的一朵玫瑰。現在這一個花園裡，就有五千朵，全長得一模一樣！

　　「如果她看到這種景象，一定懊惱極了，」他想，「⋯⋯她會咳個不停，然後裝死，免得丟人。我勢必得做樣子去救她，否則，為了羞辱我，她真的會尋死⋯⋯」

　　隨後，他又想：「我還自以為很富足，擁有一朵獨一無二的花，其實只是一朵平凡的玫瑰罷了。這朵花，加上只有膝蓋那麼高的三個火山，其中一個說不定永遠死了，就憑這些，我實在算不上什麼了不得的王子⋯⋯」他躺在草地上，哭了起來。

他躺在草地上，哭了起來。

XXI

.

這時候，狐狸出現了。

「你好，」狐狸說。

「你好，」小王子禮貌地回答，他轉過身，什麼也沒看見。

「我在這兒呢，」那聲音說，「在蘋果樹下。」

「你是誰？」小王子問，「你長得真好看……」

「我是狐狸，」狐狸說。

「來跟我玩，」小王子跟他說，「我心情很不好……」

「我不能跟你玩，」狐狸說，「我還沒有被馴服。」

「噢！抱歉，」小王子說。

可是，想了一會兒，他又說：

「『馴服』是什麼意思？」

「你不是本地人，」狐狸說，「你來找什麼？」

「我來找人，」小王子又問：「『馴服』是什麼意思？」

「人有槍，又喜歡打獵，」狐狸說，「這很麻煩！他們也養雞，這是他們唯一的好處。你也是來找母雞的？」

「不，」小王子說，「我來找朋友。『馴服』是什麼意思？」

「這件事完全被人忘了，」狐狸說。「『馴服』就是『建立連結……』」

「建立連結？」

「是的，」狐狸說。「你現在對我只是一個普通小男孩，跟其他成千上萬個小男孩一樣。我不需要你，你也不需要我。我對你只是一個普通狐狸，跟其他千千萬萬隻狐狸沒有兩樣。但是，一旦你馴服了我，我們就彼此需要。你對我是世間的唯一，我對你也是世間的唯一……」

「我開始懂了，」小王子說。「有一朵花……我想她馴服了我……」

「很有可能，」狐狸說。「地球上什麼事都有⋯⋯」

「噢，不是在地球上，」小王子說。

狐狸似乎很好奇：

「是在另一個星球？」

「是的。」

「那個星球有獵人嗎？」

「沒有。」

「有意思！有母雞嗎？」

「沒有。」

「唉，世上沒有完美的事，」狐狸嘆了口氣。

狐狸又接續前面的話題：

「我的生活很單調：我追母雞，獵人追我，所有母雞都一個樣兒，所有獵人也一個樣兒，無趣得很。可是，一旦你馴服了我，我的日子就有了陽光，我會熟悉一種腳步聲，跟別人的都不一樣。別人的腳步會讓我躲入地下，你的腳步聲，卻會把我從洞裡呼喚出來，像一種音樂。還有，你瞧！看到那邊的麥田嗎？我不吃麵包，麥子對我沒有意義。麥田也不會給我任何聯想。這，很可惜。可是，你的頭髮是金色的，你若是馴服了我，就太美妙了。金色的麥穗會讓我想起你。我會喜歡聽風吹麥浪的聲音……」

狐狸不說話，端詳了小王子很久：

「請你……馴服我！」他說。

「我很樂意，」小王子回答，「但是我沒有多少時間。我要去交朋友，還有很多事要去了解。」

「我們只能了解我們馴服的東西。現在的人沒有時間去了解任何東西。他們習慣到店鋪裡買現成的。但世上沒有賣朋友的店鋪，人也就沒有朋友了。如果你想交個朋友，馴服我吧！」

「那該怎麼做？」小王子問。

「要很有耐心，」狐狸說，「你先坐得離我遠一點，就像這樣，坐在草叢裡。我只用眼角看你，你不要說話。語言是誤解之源。但是，每一天你可以坐近一點……」

第二天，小王子又回來了。

「你最好每天同一個時間來，」狐狸說。「比如，你固定下午四點鐘來，到三點鐘，我就開始覺得幸福。時間越近，我就越覺得幸福。到四點鐘，我就已經興奮得坐立難安了；我會發現幸福的代價！如果你隨便什麼時候來，我就不知道什麼時候該把心準備好……一定要有儀式。」

「儀式是什麼？」小王子問。

「這也是一件早就被遺忘的事，」狐狸說。「儀式可以讓一個日子跟其他日子不同，一個時刻跟其他時刻不同。比如我的獵人就有一種儀式。他們每個星期四都要跟村子裡的姑娘跳舞。所以星期四對我就是個美妙日子。我可以一路逛到葡萄園。如果獵人隨時都可能去跳舞，那每天都一樣，我就沒有假期了。」

就這樣，小王子馴服了狐狸。當離別時刻將近：

「啊，」狐狸說……「我會哭的。」

「那是你不好，」小王子說，「我不想傷害你，是你要我馴服你的……」

100

比如，你固定下午四點鐘來，
到三點鐘，我就開始覺得幸福，

「沒錯，」狐狸說。

「可是你會哭！」小王子說。

「沒錯，」狐狸說。

「那你什麼也沒得到！」

「我得到了，」狐狸說，「金色的麥穗。」

隨後他又說：

「你再去看看那些玫瑰。你會了解，你的那朵花是世界上獨一無二的。然後回來跟我道別，我要告訴你一個祕密，作為禮物。」

小王子去看了那些玫瑰花。

「妳們跟我的玫瑰完全不同，妳們什麼都不是，」小王子說，「沒有人馴服妳們，妳們也沒有馴服別人。妳們就像我以前的狐狸，跟其他千千萬萬隻狐狸沒有兩樣。但我把牠變成了朋友，牠現在對我就是獨一無二的。」

玫瑰花有點侷促不安。

「妳們很美麗，但是很空虛，」他繼續說。「沒有人會為妳們死。當然，我的那朵玫瑰，普通的過路人也會以為她跟妳們一樣，但對我來說，她比妳們所有人更重要，因為

我為她澆水，我為她放罩子，我為她找屏風，我為她抓毛蟲（只留下兩三隻變蝴蝶）；我聽她抱怨、吹噓或是沉默不語。因為，她是我的玫瑰。」

然後他回去看狐狸：

「再會了，」他說……

「再會，」狐狸說。「我的祕密很簡單：只有用心，才能看得真切。真正重要的東西，眼睛是看不見的。」

「真正重要的東西，眼睛是看不見的。」小王子複述一遍，好牢牢記住。

「是你為花付出的時間，使你的花變得重要。」

「是你為花付出的時間……」小王子複述一遍，好牢牢記住。

「一般人都忘記了這個道理，但是你不應該忘記，」狐狸說，「你要永遠對你馴服的東西負責。你要為你的玫瑰負責……」

「我要為我的玫瑰負責……」小王子複述一遍，好牢牢記住。

XXII

「早安，」小王子說。

「早安，」火車調度員說。

「你在做什麼？」小王子問。

「我在發配旅客，每千人為一批，」調度員說。「再調度載客的火車，有時開往左，有時開往右。」

一列燈火通明的快車像打雷似的轟隆隆駛過，把調度室震得搖搖晃晃。

「看起來好匆忙啊，」小王子說，「他們要找什麼？」

「恐怕連開火車的人也不知道，」調度員說。

又一輛燈火通明的快車往相反方向轟然駛過。

「怎麼又回來了？」小王子問。

「不是同一批，」調度員說，「是兩批人互換方向。」

「怎麼，他們對原來的地方不滿意？」

「每個人對自己所在的地方都不滿意，」調度員說。

接著是第三輛快車轟然而過。

「這些人是在追趕第一批旅客？」小王子問。

「他們什麼也不追趕，」調度員說。「他們在火車裡睡覺，要不就打哈欠。只有小孩子把鼻子壓在玻璃窗上，往外看。」

「只有小孩子知道他們要找什麼，」小王子說。「他們會把時間花在一個布娃娃身上，這娃娃就變得非常重要。如果有人奪走娃娃，他們就會哭……」

「他們很幸運，」調度員說。

XXIII

「早安，」小王子說。

「早安，」生意人說。

這是一位賣止渴特效丸的商人。一星期只要吞一顆，就不需要喝水了。

「你為什麼要賣這種藥丸？」小王子問。

「這可以節省很多時間，」商人說。「專家做過統計，每個星期可以節省五十三分鐘。」

「省下的五十三分鐘要拿來做什麼？」

「愛做什麼就做什麼⋯⋯」

「我，」小王子想，「我要是有五十三分鐘，我會慢悠悠地往泉水走去⋯⋯」

XXIV

這已經是飛機迫降沙漠的第八天，我聽著商人的故事，一邊喝下最後一滴水。

「啊，」我對小王子說，「你的故事美是很美，但我的飛機還沒修好，而且已經沒水喝了。我要是能像你一樣，慢悠悠地往泉水走去，我也樂得很呢！」

「我的朋友狐狸，」小王子又說……

「我的小兄弟，現在不是談狐狸的時候了！」

「為什麼？」

「因為我們就要渴死了……」

他好像聽不懂我的道理，自顧自地說：

「就算要死了，能有一個朋友真好。我非常高興有狐狸這樣一個朋友……」

「他完全不知道情勢有多兇險，」我心想。「他從不會餓，不會渴。他只要有一點陽光就能活……」

但他看著我，好像猜到我的心思：

「我也口渴……我們去找口井吧……」

我做了個無奈的手勢：在無邊無際的沙漠裡，毫無頭緒地想找一口井，簡直荒謬。然而我們還是開始走了。

默默走了好幾個小時，天黑了，星星一顆顆亮起來。我口乾舌燥，有點發燒。看著星星，恍惚在夢中。腦中還迴盪著小王子的話。

「所以你也會口渴？」我問他。

他沒回答我的問題。只簡單地說：

「水對心靈也有好處的……」

我不懂他的話，但沒吭聲，我知道不應該問他問題。

他很疲累，坐了下來。我去坐在他身旁。一陣靜默之後，他又說：

「星空很美麗，是因為上面有一朵花，雖然我們看不見……」

我說：「當然」。然後就安靜地看著月光下，沙漠的

紋路。

「沙漠真美，」他又說。

的確。我一向喜歡沙漠。我們坐在一個沙丘上，什麼都看不到，什麼都聽不到。卻有什麼東西在靜默中閃著幽光……

「使沙漠美麗的，是它某個地方藏了一口井……」

這讓我突然領悟了這沙漠神祕的幽光。記得小時候，我住在一棟老屋裡。這屋子有個傳說，說裡面藏著一個寶藏。當然從來沒有人找到過，可能連找都沒找過。但這個寶藏卻讓這老屋充滿魅力：我們的老屋深處，藏著一個祕密……

「沒錯，」我對小王子說，「不論是屋子、星星或者是沙漠，使它美麗的是看不見的東西！」

「我很高興，你同意我狐狸的話了。」

小王子睡著了，我把他抱在懷裡，繼續上路。我心情起伏不已，像是捧著一個很脆弱的寶貝，我甚至覺得地球上沒有更脆弱的東西了。就著月光，我打量這蒼白的額頭、這閉上的雙眼、這在風中抖動的幾絡頭髮。心想：「我抱在懷裡的不過是個軀殼。最重要的東西，眼睛是看不見的……」

他半張的唇露出一個微笑，我又想：「這熟睡小王子最讓我感動的，是他對玫瑰的忠誠，即使現在他睡了，玫瑰的形象仍在他身上散發出光芒，就像燈的火焰……」我感覺他實際上更脆弱，我必須好好呵護這燈火，一陣風吹就能把它吹滅……

就這樣走著走著，天亮時，我找到了那口井。

XXV

「所有人都使勁往快車裡擠，」小王子說，「卻不知追求什麼，惶惶終日，卻在原地打轉……」

他又說：

「真是何苦……」

我們找到的井不像撒哈拉沙漠的井。沙漠的井很簡單，就是在沙裡鑿一個洞而已。但我們這口井卻像村莊裡的井，可是我們周遭並沒有村落，我還以為在做夢呢。

「奇怪，」我對小王子說，「一切工具齊備：滑輪、吊桶和繩子……」

小王子笑了，抓住繩子，拉動滑輪。滑輪發出呻吟，就像老舊風信標被沉睡已久的風吹動時發出的聲音。

「你聽，」小王子說，「我們把這口井喚醒了，它在

小王子笑了，抓住繩子，拉動滑輪。

唱歌……」

我不想讓他太勞累：

「讓我來，」我對他說，「這對你太重了。」

我慢慢將吊桶拉到井欄上，把它垂直放穩。耳邊還想著滑輪的歌聲，在桶中顫動的水裡，我看到太陽也在顫動。

「我想喝這井裡的水，」小王子說，「給我喝水……」

我這才知道，他一直在找什麼！

我把桶提到他嘴邊。他眼睛閉著，喝了水，像節日般甜美。這井水遠不只是一種身體的養分。它來自星空下的跋涉、滑輪的歌唱和手臂使的氣力。它也滋養心靈，就像一個禮物。我想到孩童時代，聖誕樹的燈光、子夜彌撒的音樂、甜蜜的笑容……是這總總讓我收到的聖誕禮物有了光芒。

「你們這裡的人，」小王子說，「在一座花園裡種上五千棵玫瑰……卻找不到他們要的……」

「他們找不到想要的，」我應著……

小王子又說：

「其實他們要的在一朵玫瑰或一點井水中就能找

到……」

「當然，」我說。

小王子又說：

「但眼睛是看不見的。要用心去找。」

喝了水，我呼吸順暢。沙漠在日出時分，有蜜的色澤。這蜜的色澤也讓我覺得幸福。可是為什麼，我心中還是隱隱作痛……

「你要遵守諾言，」小王子輕輕地對我說，又坐到我身旁。

「什麼諾言？」

「就是……給我的綿羊一個嘴套……因為我要為我的花負責！」

我從口袋裡拿出我畫的一些草圖，小王子看到就笑起來了：

「你畫的猢猻樹，有點像大白菜……」

「嘿！」

我對我的猢猻樹還很得意呢！

「你畫的狐狸嘛……牠的耳朵……有點像羊角……而且太長了！」

他笑個不停。

「你這樣講不公平，小傢伙，我只畫過蟒蛇和牠的肚子，別的都不會。」

「噢，這樣就行了，」小王子說，「小孩子會懂的。」

我於是畫了一個嘴套。遞給他的時候，突然心口一緊：

「你沒告訴我你的計畫……」

但他不回答，只說：

「你知道，明天，就是我落在地球一週年的日子……」

停了一會兒，又說：

「我就掉在這附近……」

他臉紅了。

不知道為什麼，我感到一種難以言說的哀傷。我又想

起一個問題：

「所以，我遇到你的那天早晨，你獨自一人走在杳無人煙的地方，不是個偶然，你正要走回你降落的地方？」

小王子又臉紅了。

我有點猶豫，再問：

「也許是因為，剛好是一週年？⋯⋯」

小王子臉又紅了。他從不回答問題，但是如果會臉紅，答案應該就是肯定的吧？

「啊，」我對他說，「我擔心⋯⋯」

但他對我說：

「你現在該去幹活了，你該回去修理你的機器。我在這裡等你。你明晚再來⋯⋯」

但我心裡還是不踏實。我想起了狐狸：一旦被馴服，就可能會掉眼淚⋯⋯

XXVI

在那口井旁邊，有一垛已經頹塌的石牆。第二天我工作完畢回到原處時，看見小王子坐在牆頭，垂吊著雙腳。只聽見他說：

「難道你不記得了？」小王子說，「這地方不太像！」

想必有另一個聲音接話，因為他又說：

「對的！對的！日子對，但地方不對……」

我繼續往石牆走去，還是沒看到也沒聽到有其他人。只聽見小王子又說：

「……當然。你去看看我在沙上的腳印從哪裡開始，就在那裡等我。我今天夜裡會過去。」

我距離石牆只有二十公尺了，還是沒看到人。

小王子停了一會兒，又說：

「你的毒液管用吧？你確定不會讓我太受折磨？」

我停下腳步。心頭緊揪，但還是不懂。

「現在，你走吧，」他說……「我要下來了！」

我低下頭看牆腳，嚇了一跳！一條黃色的蛇豎立在小王子前面，是那種可以在三十秒內將你解決的毒蛇。我一邊在口袋裡找手槍，一邊飛奔過去。一聽到聲響，那蛇就悄然滑入沙裡，就像一支噴水注突然縮回，不慌不忙地鑽入石頭縫裡，發出輕輕的金屬聲響。

我及時趕到牆下，將小王子接在懷裡，他臉色雪白。

「這是怎麼回事？你怎麼跟蛇打起交道了！」

我拉開他一直圍在頸上的金色圍巾。用水沾濕他的額頭，給他喝了水。現在我什麼都不敢問了。他神情凝重地看著我，雙手環繞我的脖子。我聽到他微弱的心跳聲，像一隻中了槍快斷氣的小鳥。他對我說：

「我很高興你解決了機器的問題。這樣你就可以回家了……」

「你怎麼會知道的？」

現在，你走吧，我要下來了！

我正預備告訴他：我把飛機修好了！這可大出我意料之外。

　　他不回答我的問題，卻說：

　　「我今天也要回家了……」

　　然後，很憂傷地說：

　　「可比你遠多了……比你困難多了……」

　　我早猜到有什麼不祥的事要發生。我把他緊緊摟在懷裡，卻覺得他直直向深淵滑落，而我無能為力……

　　他的眼光嚴肅，落在遠方。

　　「我有你畫的綿羊。還有一口箱子，還有嘴套……」

　　他憂鬱地微笑。

　　我等了很久，感覺他逐漸回溫：

　　「小傢伙，你受驚了……」

　　他當然是受了驚！但他輕輕地笑了：

　　「我今晚還有更可怕的呢……」

　　一種無可挽回的感覺讓我心都涼了。想到可能再也聽不到這笑聲，我簡直無法忍受。他的笑聲對我就像沙漠裡的

泉水。

「小傢伙，我還想聽你笑……」

但他對我說：

「今天晚上，就滿一年了。我的星球會在去年我降落地點的正上方……」

「小傢伙，什麼蛇啊，約定的時間啊，星星啊，這都只是一場噩夢，是吧？」

但他不回答我的問題。卻說：

「最重要的東西，眼睛是看不見的……」

「當然……」

「這就像那朵花。如果你愛一朵星星上的花，夜晚，你仰望天空時，會覺得甜蜜。就像滿天的星星都開花了。」

「當然……」

「井水也一樣。你給我喝的水，因為滑輪和繩子，對我就像是音樂……你記得嗎？那水真好喝。」

「當然……」

「以後，你會喜歡夜晚看星星。我的那顆星太小，沒

辦法指給你看。這樣更好。我的星星，就是滿天星星中的一個。這樣，你會喜歡看所有的星星……他們都會是你的朋友。我還要給你一個禮物……」

他又笑了。

「啊，小傢伙，小傢伙，我真喜歡聽你的笑聲！」

「這正是我要給你的禮物……這就像井水一樣……」

「你想說什麼？」

「每個人眼裡的星星都不一樣。對有些人，星星只是小小的閃光，對喜歡旅行的人，星星是他們的嚮導，對那些學者，是研究課題，對我那位生意人，它們就是黃金。但是所有這些人的星星都默不出聲，只有你的星星不一樣……」

「怎麼說？」

「當你夜晚仰望天空，因為我住在其中一個星星上，我會在一個星星上笑，那麼對你來說，就好像滿天的星星都在笑。你會有會笑的星星！」

他笑個不停。

「等你不再難過（痛苦都會過去的），你會高興認識了我。你永遠都是我的朋友。你會想跟我一起笑。你會不時

打開窗戶，只因為興致來了……你的朋友看到你對著天空傻笑，會覺得很奇怪。你就可以對他們說：『是啊，星星總是讓我發笑！』他們會以為你瘋了。我跟你開了一個大玩笑……」

他笑個不停。

「這樣一來，我給你的不是星，而是許許多多會笑的小鈴鐺……」

他笑個不停。隨後，突然又變得嚴肅：

「但是今天晚上……你不要……不要來。」

「我不會離開你。」

「我會看起來很痛苦……我會看起來像要死了。其實就是這麼回事。不要來看這些，沒必要。」

「我不會離開你。」

他擔心起來：

「我跟你說這些，也是因為那條蛇。不要讓牠咬你……蛇，是很壞的。牠可以純粹為好玩而咬人……」

「我不會離開你。」

他好像突然想到什麼，又比較放心了：

「其實，牠們咬第二口，就沒有毒液了……」

那天晚上，我沒看到他什麼時候上路。他一聲不響就溜了。等我趕上，他繼續堅定地快步向前走。只對我說：

「噢，你來了……」

他牽起我的手，還在操心：

「你不該來的。你會難過。我看起來像死了，其實不是……」

我不作聲。

「你懂的。太遠了。我不能帶著這個皮囊，太重了。」

我不作聲。

「就像扔掉一層老樹皮，老樹皮沒什麼好心疼的……」

我不作聲。

他有點洩氣，隨即又打起精神：

「你想，那樣多好：我也會常看星星。滿天的星星都

他坐了下來，因為他害怕。

像是滑輪上了鏽的井。所有星星都會倒水給我喝……」

我不作聲。

「那多好玩！你會有五億個小鈴鐺，我會有五億個泉水……」

他也不作聲了。因為他哭了……

「就是那裡。讓我自己走過去。」

他坐了下來，因為他害怕。

他繼續說：

「你知道……我的花……我對她有責任！她太嬌弱，又太天真。她只有四根毫無作用的刺來保護自己，對抗世界……」

我也坐了下來，因為我的腿都軟了。他說：

「好了……就這樣吧……」

他遲疑了一會兒，站起身，向前跨了一步。我卻動彈不得。

只見一道黃色的光閃過他的腳踝。剎那間他僵立不動。沒有叫喊。就像一棵樹般緩緩倒下，連聲音都沒有，因為倒在沙裡。

就像一棵樹般緩緩倒下，連聲音都沒有。

XXVII

　　如今，六年過去了……我還從來沒有跟人說過這段故事。我的夥伴看到我安全歸來都很高興。但是我很難過，只能跟他們說：「我累了……」

　　現在，我已經平復些了，也就是說……還沒完全好。但是我知道他已經回到他的星球上，因為日出的時候，我沒有找到他的軀體，那個軀體沒多重……從此我愛在晚上聽星星的笑聲。就像五億個小鈴鐺……

　　還有一件不可思議的事。我替小王子的綿羊畫的嘴套，竟然忘了加一條皮帶！他根本沒法給綿羊戴上。所以我常想：「他的星球怎麼樣了？也許綿羊終究把花吃掉了……」

　　有時候，我又想：「當然不會！小王子每天都會把他的花放在玻璃罩子裡，他一定會好好看著那隻羊……」這樣一想，我又高興了。滿天的星星都輕輕地笑了。

有時候，我又想：「總有疏忽的時候，只要一次就完了！要是他哪天晚上忘了放罩子，或者綿羊夜裡偷偷溜出來⋯⋯」這時滿天的鈴鐺都變成了眼淚！

　　這可是個大大的奧祕。對你，對我，對我們這些愛小王子的人，我們懂得：在某個我們不知道的地方、我們不認識的一隻綿羊，吃了，還是沒吃，一朵玫瑰？答案能讓天地變色⋯⋯

　　抬頭看看天空。問問你自己：那隻綿羊究竟吃了還是沒吃那朵花？你會發現，一切都不一樣了⋯⋯

　　大人永遠不能了解，這件事多麼重要！

對我來說，這就是世界上最美麗、也最令人傷感的景色。這張跟前一頁是一樣的。我再畫一次，是為了讓你看清楚：小王子就是在這裡出現在地球上，也是在這裡消失的。仔細看看這張畫，好確定有一天你在非洲沙漠旅行時，看到這景色會認得出來。如果你走過那裡，我懇求你，放慢腳步，在星空下等一等！如果有一個小男孩向你走來，如果他愛笑，如果他有金色的頭髮，如果他不回答問題，你就猜到他是誰了。請你發發善心！不要讓我再傷心，趕快捎個信告訴我：他回來了……

國家圖書館出版品預行編目(CIP)資料

小王子：最值得珍藏的名家譯本 /

翁端‧聖-戴克思修伯里（Antoine de Saint-Exupéry）著; 劉俐 譯. -- 二版. -- 新北市：自由之丘文
創出版, 遠足文化發行, 2017.11

面；　公分. -- (NeoReading ; 29)

譯自: Le Petit Prince

ISBN 978-986-953-782-7（精裝）

876.57　　　　　　　106017684

NeoReading 29
小王子：最值得珍藏的名家譯本

作者 / 翁端‧聖-戴克思修伯里（Antoine de Saint-Exupéry）
譯者 / 劉 俐

責任編輯 / 劉憶韶
行銷企畫 / 翁紫鈅
副總編輯 / 劉憶韶
總編輯 / 席 芬

出版者 / 自由之丘文創事業 / 遠足文化事業股份有限公司
email: service@bookrep.com.tw
發行 / 遠足文化事業股份有限公司（讀書共和國出版集團）
　　　231新北市新店區民權路108-2號9樓
電話 02 2218 1417
劃撥帳號：19504465 戶名：遠足文化事業股份有限公司
封面設計 / 廖韡
內頁排版 / 張凱揚
印製 / 卡樂彩色製版印刷事業有限公司
法律顧問 / 華洋法律事務所 蘇文生律師
定價 / 250元
初版一刷 / 2015年10月
二版19刷 / 2023年06月
ISBN 978-986-953-782-7
Printed in Taiwan

特別聲明：有關本書中的言論內容，不代表本公司/出版集團之立場與意見，文責由作者自行承擔。